Lola (Laurence) Sémonin est l'auteur-interprète de ***La Madeleine Proust***. Elle a mis en scène les trois spectacles — *La Madeleine Proust en forme, à Paris, fait le Tour du monde*. Ce personnage tant aimé, issu de notre mémoire, a été applaudi sur toutes les scènes de la francophonie (trois nominations aux Molières). Avec le 4e spectacle ***Haut-Débit*** Lola continue de faire évoluer son personnage et de construire des ponts entre les générations et les cultures.

Actrice, auteur de théâtre, de slam, cinéaste, écrivain, Lola Sémonin a signé un premier roman, *Le Cri du Milan*, qui a obtenu le prix Louis Pergaud.

www.madeleineproust.com - lolasemonin.com

Du même auteur

La Madeleine Proust en forme
Cêtre, 1983
(Prix SACD auteur théâtre)

La Madeleine Proust
Flammarion, 1990
(Récit de la création, journal de tournée
et textes des deux spectacles)

Le cri du milan
JC Lattès, 2000
Les Éditions du Sekoya, 2007 (Réédition)

Les Brèves de la Madeleine (I)
Les Éditions du Sekoya, 2007

DVD

La Madeleine Proust en forme
Universal

La Madeleine Proust à Paris
Universal

La Madeleine Proust fait le Tour du monde
Universal

Lola Sémonin

Les Brèves de la Madeleine

(II)

Les Éditions du Sekoya

Quelques phrases de spectateurs
entendues pendant mes spectacles...

– Elle le plume vite son poulet.
– Tu parles, c'est un poulet pré-plumé.

Elle déchire cette vieille.

Tu mets des fauteuils dans le jardin de ta mère et tu fais fortune.

À Gérardmer les organisateurs tournent dans les rues de la ville avec un mégaphone : « Elle fait en femme ce que Vanoni fait en homme »

– Elle parle bien.
– Ben oui, c'est son métier.

On voyait
qu'elle avait envie
de rire quand elle jouait,
tu parles, elle rigolait
de ses conneries.

J'te dis que c'est pas elle
la Madeleine,
j'l'ai vue à la 2,
elle est bien plus jeune.

Dans un lycée,
la prof écrit au tableau :
« *Quand on voit, c'qu'on voit*
Et quand on sait, c'qu'on sait
On a bien raison
d'penser c'qu'on pense
et de ne rien dire ».
De qui est cette phrase ?

Une élève : « *Shakespeare !* ».

**Un ministre vient
me serrer la main,
alors que je dédicace
à une femme de caractère
qui lui lance :
« Chacun son tour !
Le peuple avant
les représentants
du peuple ! ».**

Vous avez un bonami qui a 24 ans
de moins que vous ?
Comme la Viviane Fastfood !

Vous êtes la Brachetti du Haut-Doubs

Vous avez beau dire.
Beau faire.
Vous ne pourrez pas arrêter.
Car la Madeleine est immortelle.

Quand c'est Bedos qu'ils ont appelé
pour le Molière,
on s'est levé, on criait :
– C'est pas juste !
– C'est pas juste !
C'est vrai, ça faisait 3 fois
que vous alliez là-bas !
Ça doit coûter cher à force.

Moi je vous aime.
Parce que pendant
que ma mère accouchait,
elle écoutait vos K7
de la Madeleine

Moi aussi, je parle avec des expressions d'ici,
et pourtant je suis prof de français

Votre spectacle
c'était tellement bien
qu'on n'peut pas tout voir

C'est la Madeleine
qui m'a fait connaître
la Franche-Comté.
Et maintenant
on y vient tous les ans.

J'ai un reproche à vous faire, je peux?
Ça vous fera avancer...
Dans vos spectacles, on rit trop!

J'ai revu le tour du monde pour la 3e fois.
Et comme j'avais lu dans la presse
que vous aviez apporté des changements,
jusqu'à la fin du spectacle, j'ai tremblé,
tellement j'ai eu peur qu'on soit privé
de la chute du tissu géant
et de votre baiser d'adieu
à l'ombre de la Madeleine.

Ma sœur, elle est allée vous voir.
Elle a tellement rigolé,
Le lendemain, elle était paralysée...

Aller sur scène, comme ça,
devant des gens qu'on n'connait pas.
Faut l'faire.

Je vous croyais plus grosse La télé ça déforme

À la SNCF, le contrôleur :
« Arrêter de nous vanner,
si vous saviez le nombre de coups
que vous m'avez fait perdre ».
Elles me disent :
« Où vous travaillez ?
– À la gare.
C'est grillé tout de suite ».

Nous nous réjouissons ma femme et moi
d'assister à votre spectacle.
On nous en dit beaucoup de bien.
C'est une ouverture nouvelle dans l'art difficile du monologue.
N'oubliez pas cependant que les matinées du dimanche
sont fréquentées par des personnes âgées
dont nous sommes et dont les facultés auditives sont faibles.
Soyez gentille de bien articuler.
Et de « lancer la voix » comme on dit !
En vous remerciant…

C'est d'utilité publique ce que vous faites !

Ce que vous faites,
c'est ma belle-mère.
Tout pic, tout craché !

Le seul tour du monde
que j'ai fait
c'est avec vous.
Je pars enseigner en Chine.
J'emporte dans mes bagages
le DVD de *la Madeleine Proust*
***en forme*,**
que j'ai l'intention d'utiliser
dans mes cours
d'audition/compréhension/
conversation.
Des chinois avec l'accent
du Haut-Doubs ?
Pourquoi pas ?
Il y a bien des francs-comtois
qui ont les yeux bridés !

On voit bien que vous êtes comme tout l'monde

Ah vous vous appelez **Lola**,
C'est plus **Madeleine** ?
Ah c'était **Laurence** ?
Il faut s'y retrouver avec vous

On n'vous avait pas reconnue,
mais après
on vous a reconnu
à votre voix.

Vous êtes comme le bon vin en vieillissant

(un enfant pleure)

Il a peur de vous.

Il aime mieux la vraie !

On a vu votre 3e spectacle, le tour du monde en Chine !

On s'est marré de rire

Quand on vous voit
comme ça
on n'croit pas
que c'est vous

Je vous aime mieux
en Madeleine.
Vous êtes plus naturelle.

J'ai vu votre spectacle à Paris.
Mais ils rigolent pour un rien là-bas.

Mes parents,
ils se rappellent de vous...
Même s'ils sont morts.

Bonjour madame Proust

Ça doit être compliqué,
La schizophrénie

Je suis contente
De voir enfin
Votre vrai visage

Bonjour madame Prouc

La Madeleine.
Ça nous permet de savoir
où on habite.

Tous les matins,
ma Maman elle met la Proust

On vous comprend ailleurs ?

J'aime venir vous voir
Parce que j'me sens chez moi

Profitez de faire des photos
parce qu'après,
pendant qu'elle joue,
c'est interdit.
Ah ! Si. Elle l'a dit à la télé.
Ça la perturbe pi elle perd son texte.
Ça lui traumatisme les chromosones.

*Il paraît que ça dure 2 heures
le spectacle, on va en avoir
pour nos sous, je pense !*

La vraie vedette
de votre spectacle,
c'est la lumière !

Vous êtes
la Dany Boume
de la Franche-Comté

Merci pour l'autographe
Il a fait le tour du monde
Paris/
Nouvelle Calédonie/
Los Angeles/
Paris
Et... sans user ses souliers

Ma mère,
elle était pliée
en deux
de rire
Elle est ressortie
avec une sciatique

Ma chère Anti-Madonna

J'ai entendu dire

Que vous alliez arrêter

Mais, s'il y n'y a plus la Madeleine

C'est comme s'il n'y avait plus

de Père-Noël

Je

vous

trouve

plus

philosophe

que

comédienne

On

va

regarder

le

DVD

Et

après

on

ira

vous

voir

en

vrai

Le théâtre est complet
Si on emmène notre pliant
On peut rentrer ?

Les gens, ils ne vous imitent pas
Ils ont toujours été comme ça

Ah, c'est vous ?
Elle vit encore ?

Pour une fois que je vois la vraie Madeleine !

C'est elle ? Elle est pas morte ?

Celle-là, mal fagottée
avec une jupe pas finie qui godaille
pi des godasses qui lochent

Oh c'hypocrite !
Celui-là, il te crache à la figure par-derrière, et il te passe la main dans le dos par-devant.

Les juges,
ils ont du sang
d'escargot
dans
les veines.

La Carole, elle est toujours pressée,
l'autre jour, elle a pris l'apéro
pi elle a mangé le dessert en même temps

T'as vu les gens que c'est !
Bêtes à manger du foin !

La Babette s'est cassé la jambe
au club des seniors
en dansant le Kazatchok

T'as un trou de mémoire ? T'as qu'à te faire greffer une puce.

Elle dit
qu'il fait s'aérer les synapses
pour activer ses neurones.

Tous les lundis,
je change de place mon cactus-balai de Patagonie
pour faire travailler ma mémoire

**Il ne veut plus qu'on l'appelle Moineau
il chausse du 44, quand même**

Il veut être berger, enfin maintenant on dit,
chef d'exploitation d'animaux sur pieds.
Ça use de l'encre pour pas grand chose.

**Ils m'ont apporté un Toblerone géant
et douze têtes de nègre au chocolat blanc.
Ils ont le cœur sur la main, ces gens !**

*Je n'vais plus au pain chez « Tournez-manège »
tu commandes, tu payes, tu recules,
pi t'attends que le pain sorte du four,
laisse tomber !*

**Oh cte peignette, celle-là !
Y'en a un, il a fait semblant
d'embrasser une vieille
sur la bouche,
pi il lui a volé
son dentier en or.**

Ils nous prennent pour des arriérés.

Dis, eux non plus,

ils ne sont jamais sortis de leur trou

c'est des paysans de Paris,

pi c'est tout !

Elle veut maigrir, elle n'y arrive pas

T'as qu'à t'inscrire à Koh Lanta

Voilà Tournevis
qui rentre
de bringue
Il est cuit
comme
un chourave,
lui !
Comme il tangue !
À moi les murs
la terre
m'abandonne !

Ils sont du bas ces gens

– D'accord, à 11 heures !

– (...)

– Ben appelle moi
avec ton fixe

– (...)

– Ah ! Pi avec ton portable,
c'est pas gratuit non plus ?

– (...)

– Seulement
après 20 heures ?

– (...)

– Un fax ?
Ah, non, je n'ai pas
cte bête là.
Bon, ben, on s'verra
à l'enterrement.

Comme l'Huguette,
elle a un portable
que pour si
elle tombe en panne
avec son auto,
elle ferait mieux
de changer de voiture

Allo,
t'es
où
là ?

Allo, t'es où là ?

**Y'en a des accros,
des junkies du portable
qui n'arrivent
pas à décrocher**

Allo, t'es où là ?

À la banque,
faut tout faire soi-même,
le croque-mort, le mort,
porter la croix,
pi chanter.

J'ai acheté 1 pile,
une minute pour l'acheter
3 heures pour la déballer

Dans l'temps à Noël
on était tout content
d'avoir une orange.
Pi bientôt on sera content
de recevoir
une jerricane d'essence.

**Les pâtes en réclame,
y'en a trois paquets collés,
y'en a un qu'est donné,
ça fait plaisir quand tu manges
celui qui n'a rien coûté !**

J'avais fait une croûte aux morilles...

Du jambon fumé

qui n'a jamais vu la fumée

Du bœuf qui n'a jamais brouté d'herbe

Du saumon élevé en cage

Des poulets sans poils ni plumes

À la banque
tu fais tout toi-même
pi tu payes
encore plus cher
qu'avant
Ben merci !

... **sans morilles, j'en n'avais pas**

Les juifs, ils ne mangent pas de porc
comme les arabes
mais ils ne disent pas
on mange halal
ils disent on mange pachèr

*Une fois
j'ai voulu aider ma nièce
pour ses devoirs,
on avait tout faux.*

*La maîtresse avait mis
dans la marge
en rouge :
« Réfléchis donc
avant d'écrire ».*

Avant j'étais écolo
parce que j'étais radin
pi maintenant
je suis radin
parce que je suis écolo

Les écolos,
ils défendent toujours
les espèces
qui disparaissent
mais s'ils avaient été là
du temps des dinosaures
ils les auraient défendus
et nous, on n'serait pas là

Tous les vendredis
t'as 2 kilos d'arbre
dans ta boîte aux lettres

L'autre jour
j'ai mis 1 pot de crème vide
dans le container du plastique
pi après j'ai vu sur le prospectus
que c'était interdit.

J'en n'ai pas dormi de la nuit !
Je me suis dit, mon Dieu
si j'ai tout détraqué
la mécanique.

Pourvu qu'ils ne me retrouvent pas.

J'ai personne vu qui m'avait vue.

Faut penser à ceux qui viennent après nous, même si on les connait pas

Dans les porcheries
ça n'sent plus l'cochon
ça sent la pharmacie

C'était la journée de l'environnement.
Moi je croyais que c'était tous les jours
l'environnement.
La journée des abrutis, c'est quand ?
Tous les jours.

Pourquoi les réverbères éclairent le ciel et pas le trottoir ?

Eux ils ne s'marient pas
parce qu'ils s'aiment
pi dans l'temps
on était bien obligé d's'aimer
parce qu'on était marié

Ils en ont un qui est parti au lycée
ça leur en fait un de plus en moins

Elle a des sixtuplés,
6 garçons
quand ils font l'souk
elle fonce sur eux :
« T'es qui toi ? »

Le Robert il me fait
l'homosexualité ça se soigne
Ah je lui ai répondu aussi sec :
Pi la connerie ça n'se soigne
pas, c'est dommage

Alors elle,
c'est une famille
plus décomposée
que recomposée.
Le père a marié
la bonamie de son fils,
ils ont eu deux filles
qui sont les tantes
de sa petite fille à lui,
pi qui
sont plus jeunes
qu'elle.

Il a 2 sœurs.

Une c'est tout son père,

l'autre c'est tout sa mère.

T'es l'premier à l'école ?
Oui
défois,
l'matin.

Il sautille
comme un oiseau
tombé du nid,
sournois
comme un renard

Les gros profitent des ptits,
pi c'est les ptits
qui bossent pour les gros.
Tant qu'il y aura des gros,
il y aura des ptits
et c'est les ptits
qui payent pour les gros

Les riches sont
de plus en plus riches
et travaillent
de moins en moins
et les pauvres travaillent
de plus en plus
et sont
de plus en plus pauvres

À l'assemblée
ils baillent aux corneilles
et ils nous font avaler des couleuvres

Ils se votent des salaires de Nabab
et des retraites de Maharadja

Obama, maintenant qu'il est élu la maison blanche, il va la repeindre ?

C'est trop facile juste avant les élections
de sortir des lapins de leurs chapeaux

Pi nous
on est tous
sur une galère
à ramer
pour faire marcher
le pays

On est dirigé
par du **Pas de bon sens**

Ricet il dit
que le problème
des technocrates
c'est qu'ils ont fait trop d'études

Lui, il a les dents longues
quand il marche à l'Elysée,
il raye le parquet

Moi je l'appelle Polichinel

Pourquoi au gouvernement
ils se donnent tant d'mal
à organiser la pauvreté
plutôt qu'à partager
les richesses ?
Ça prendrait pas
plus de temps.

Ils causent, ils causent, ils causent…

jusqu'à ce qu'ils aient quelque chose à dire.

Ils sont payés pour faire

passer des lois

ils ne sont pas payés pour réfléchir

Eux, ils écartent
les poissons
pour trouver l'eau !

Ils se servent

dans la gamelle

de notre argent

pi c'est tout

Moi je ne regarde pas des voyous pareils !

Moi je n'allume pas trop la télé
pour ne pas l'user

La télé
ça fait bien
3 jours
qu'elle n'a pas marché

Quand ça n'me plait
pas les programmes
j'prends le pistolet
pi, tac tac
je change de chaine

Les gens
ils croient qu'ils regardent la télé
mais c'est la télé qui les regardent

Ricet il dit :
— La télé jusqu'à 22 heures
c'est pour les cons,
pi après c'est pour ceux
qui sont couchés
parce qu'ils travaillent.

Drucker, il fait jeune
mais il perd quand même la mémoire
il invite toujours les mêmes.
Il a besoin de se récurer les neurones.

La Ginette, elle voulait s'inscrire
pour faire le public à l'émission
« tout le monde essaye de dormir ».
Ils ne veulent pas de vieux,
ils n'ont qu'à nous tuer !

On avait des pèlerines noires
du journal dans les bottes
des mitaines avec le pouce
d'une autre couleur
pi des sacs d'école faits
dans le bas
du pantalon du papa !

Oh si j'aimais apprendre
Pondichéry,
Chandernagor,
Nabuchodonosor...

Son père il était dur
il le faisait travailler
comme un esclave
pi des taugnées

Tu
la
vois
cette
main ?
Y'a
92
kilos
derrière

Quand son père
a été fait prisonnier
on peut dire que
ce pauvr' gosse
il a été sauvé
par les Allemands !

L'hiver veut s'faire avant son temps

Il paraît que le baromètre va remonter

Le temps se lève, tant mieux !

Le Soleil commence à donner

Quel temps y veut faire ?

Avec mon pauvre André,
on n'a pas eu d'enfant,
mais on s'est rattrapé
en essayant d'en faire.

André, il disait :
– C'est le seul plaisir
qui est donné aux riches
comme aux pauvres
et qui ne coûte rien.

C'est la charité qui se fout de l'hôpital

On a tous le cœur
à la même place,
faut pas rêver.

On n'rigole pas tous les jours,
faut s'donner du mal !

Tu viendras m'voir,
pi on s'dira les nouvelles
de l'ancien temps !

Pi le gène de la paix, ça existe ?

Quand on n'a rien à dire
on peut parler longtemps

Il y en a qui croient
que tout nous tombe
tout cuit
mais les plus belles choses
ne tombent pas
dans le creux de sa main.
Faut la diriger sa main !

**Si les cons
volaient
on ne verrait
plus le ciel**

*Moi je dis
Si on veut avoir des œufs
il faut soigner la poule
et ne pas
la couper en morceaux*

**C'est pas en déshabillant Paul
qu'on habille Jacques**

Oh la Chine,
j'y retournerais bien,
il me semble
que j'ai pas tout vu

Au Japon,
on déconnait tellement pas
c'qu'on a à manger
j'ai failli manger ma serviette

Je ne retrouve pas la carte d'Istanbul
de mon parrain Edmond
Il paraît comme c'est beau la Grèce.

À Marseille,
tu trouves de tout de tout !
des ordinateurs qui n'marchent pas
pour trois fois rien
des magnétoscopes
tombés du camion
qui ont pas un mal

À Marseille
oh c't'accent
qu'ils ont

Quand je vois mon petit neveu,
à 6 ans, il parle 3 langues
et moi je n'comprends même pas
le marseillais

Ma foi.
Si je meurs
en voyage,
au moins
j'aurai vu du pays
avant d'aller
au Cimetière.

Elle fait un livre
qui s'ouvre
des 2 côtés.
Elle ne peut
rien faire
comme les autres,
celle-là !

Personnage imaginaire créé en 1982
par Lola (Laurence) Sémonin,
La Madeleine est née à 76 ans éternellement.
www.madeleineproust.com
lolasemonin.com

Les Brèves de la Madeleine
Dépôt légal 2e semestre 2009
I.S.B.N. : 978-2-84751-061-4

Mise en page : Paul Royer
Portrait Madeleine : © D. R.
Portrait Lola Sémonin : © Graphichloé

Imprimé en Union Européenne
sur les presses de l'Imprimerie
Présence Graphique
N° d'imprimeur : 090932851

2A rue Isenbart. 25000 Besançon
www.editionsekoya.com

Lola Sémonin

Les Brèves de la Madeleine

(II)

Les Éditions du Sekoya

Aller sur internet ?
Moi je n'vais nulle part !

Devant
un ordinateur
je suis
comme une poule
qui a trouvé
un couteau

deux, trois mégas
ça fait quoi en… français

Je ne suis peut-être pas à la page
mais je ne suis pas arriérée
ça fait longtemps que j'ai
un tourne-disque pour les CD moi !

Il a eu un accident du travail !
Comment il a fait ?
Il est tombé de son ordinateur ?

Il s'énerve avec son ordi,
il lui met des claques,
c'est surtout qu'il ne s'entend
plus avec sa femme.

Un million d'octet ! ça fait combien en euros ?

Les voisins, ils achètent
tout sur l'internet
même le collier du chien.
Avec tous les tours qu'ils font en auto,
ils pourraient aller à Morteau ou à Pontarlier
faire marcher les p'tits commerces !
Ça ne leur fait rien gagner
en essence l'internet !

**Ça y est. J'ai internet,
je suis contaminée.**

Voilà que ce matin
j'ouvre l'ordi,
il me dit
« le périphérique
n'est pas prêt »,
c't'animal !

Y'a des heures
où ça bouchonne,
ça pédale dans la semoule.
Non c'est pas au point
leur machin.

**Aujourd'hui plus ça va vite
plus ça prend du temps**

J'ai reçu la carte postale
de la Véro avant son mail
Oh c'commerce
quand ça beugue
ces engins !

La Paulette,
elle ne savait pas
arrêter windows
J'ai su lui dire :
– Pour arrêter,
faut démarrer.
C'est la logique
des ingénieurs.

Oh c't'internet ils me font tourner en bourrique

J'ai appelé 100 000 fois,
ils te mènent en ping-pong
pendant 20 minutes pi c'est toi qui payes.
Y'a déjà 3 techniciens qui sont venus pour rien !
Ça ne vient pas du filtre DSL,
ni de la Live box, c'est parce que
je suis en réseau étendu,
j'ai rien compris.

J'ai rappelé ce matin
parce qu'à partir d'une certaine heure
tu tombes sur du personnel africain
ou chinois p't-être, en Afrique
qui ne sait même pas
où se trouve la Franche-Comté.

Heureusement,
j'ai eu un monsieur de B'sançon,
Jean-Pierre, qui connaît bien le haut-Doubs,
alors il m'a très bien expliqué,
que je suis trop loin du central
parce que je reste en bout de ligne,
au bout d'un cul de sac,
et que pour que ça marche,
l'internet,
il me faudrait un satellite
à moi toute seule.
T'imagines un peu
les encombrements
là-au-dessus
ça fait peur!

**L'ordinateur du Ricet
il a perdu la mémoire
pourtant il est bien
plus jeune que lui!**

Elle veut faire du cinéma
pi elle n'y arrive pas,
j'lui ai dit :
– Va à Monaco
t'es sûre d'êt' filmée là-bas
y'a des caméras partout.

La musique techno...
on n'sait pas
si y'a du bruit
dans la musique
ou de la musique
dans le bruit.

Tu sais à quoi

on reconnaît un BAC+7

aujourd'hui ?

3 ans de centre aéré

2 ans de vente par téléphone

1 an de fassfoot

pour arriver à quoi ?

380 euros de RMI tout compris.

Ben merci.

A 13 ans, il a un sacré sac à dos à porter
il me fait oui, mais un jour je couperai les bretelles.

Léa et Léo sont en Espagne,
la Louise à Berlin,
l'Ophélie au Québec,
l'Elsa au Gabon,
la Cléo aux antipodes.
C'est pas une famille.
C'est une atlas.

Elle a un percing
sur la langue,
quand elle mange
une glace,
ça fait un couloir.

Ça y est il est au bord du nid,
il est en train de battre les ailes

Elle a 98 ans
Elle dit à mon âge
quand tu te réveilles
pi que t'as mal nulle part,
c'est que t'es mort.

A son âge, elle a plus de connaissances
chez les morts que chez les vivants

Il est mort à l'aube,
lui qui disait toujours :
— Vaut mieux mourir
le soir
que le matin
parce qu'on en apprend
tous les jours.

Il est mort en dormant.
Il s'est éteint
comme une chandelle.

C'est une belle mort

Si le travail
c'est la santé
on va tous crever

Je crois qu'il n'y aura pas
de repas d'enterrement,
elle m'a dit la Paulette.

Parce que ceux d'Avoudrey
à chaque fois qu'il y a
un enterrement,
ils viennent à quatre !

A quatre !

Tu vois un
peu ces profiteurs !

Ils ne loupent pas
un jambon-salade...

Il est mort
en 38,
il a été gazé
en 14-18.

96 ans ?
Ben elle les fait pas.

Il me dit :
— Oh, on est en chute libre
à nos âges !
— Parle pour toi.
C'est quand t'es sur le
dernier versant qu'il faut
se dépêcher de faire
c'qu'il reste à faire.

Dans le métro,
les gens courent à toute vitesse.
On dirait qu'ils ont peur
de le louper
alors qu'il y en a un
toutes les 2 minutes.

Pi ça sent,
dans l'métro
Ça sent comme
dans le train fantôme.

Oh !
Monter,
descendre,
remonter
ces escaliers,
j'aurais pas dû mettre
des souliers neufs,
j'ai les pieds
tout rouges.

C'est beau Paris,
mais qu'est-ce qu'y a
comme merdes de chien
dans la rue.
On est obligé de marcher
les pieds en l'air !

Y'a tellement
de pollution
à Paris
qu'avant d'y aller,
il faut prendre
des cours
d'apnée.

A Paris,
on n'va plus chez l'arabe,
on va chez l'arabe chinois.

Les vélibs

à Paris,

ils vont moins

les voler

puisqu'ils ne sont

à personne.

La cargaison de brut
qui sort d'Arabie Saoudite,
elle est payée 12 fois.
12 fois !
Alors au passage…
t'as compris.

Le pétrole, c'était bon pour rouler au Moyen Âge. Faut évoluer.

Le pétrole, c'est dépassé !
Le pétrole,
c'était bon pour éclairer
les lampes à pétrole,
pas pour se traîner
sur les routes.

La Véro,
elle n'achète rien
de c'qui est fabriqué en Asie,
elle a du mal à s'habiller.

C'qu'on fabrique en Chine,
bientôt, on n'pourra plus payer
le transport pour le ramener ici.

Bientôt il va falloir choisir entre manger ou conduire

C'est pas
des bandits
qu'on a peur
aujourd'hui.
Ce qui met
en danger
notre vie,
notre existence
c'est le pistolet
de la pompe
à essence.

Y'a ceux qui sont du côté du bidon
pi y'a ceux qui n'y sont pas.

Les Parisiens pour aérer ils ferment les fenêtres

Quand l'Erika a pollué la mer,
ils ont envoyé des bactéries
pour manger le pétrole.
Il était tellement mauvais
que même les bactéries
n'en voulaient pas !

Ricet il dit,
pour polluer moins,
faut travailler moins,
on a tout à y gagner.

Il faut penser

à ceux

qui viennent

après nous,

même si

on n'les connaît pas.

Tout est transgénique là-bas, sauf le sopalin

Les Suisses,
ils se font choper
à la douane
avec des poubelles
dans l'coffre
pour ne pas
payer la taxe,
mais chez eux
c'est propre.

**Les Belges,
ils ont des cadenas
à leurs poubelles.**

On nous force à consommer
plus d'emballages que de nourriture.
On nourrit moins les gens
que les voitures.

J'devais r'donner
les piles de la Simone
au facteur
pour qu'il les r'donne
à la Paulette
et qu'elle les mette
dans la poubelle à piles.

*La Véro,
elle dit :
— OGM,
céréale killer !*

Elle n’allume pas ses lumières quand il fait nuit, mais c’est pas pour sauver la planète, c’est pour ne rien dépenser.

On a le pantalon
mais il nous manque
les bretelles et la ceinture.

On va droit dans l'mur

Autant partir au front
avec un pistolet à bouchon.

Oh si y fait froid!
Le réchauffement de la planète,
il est en train de se refroidir.

Ils ont oublié
de souffler
leur lumière
ceux-là!
Ils n'ont jamais
entendu
parler
d'économie
d'énergie eux,
pi maintenant
on va manquer
d'eau!

La terre c'est comme une cocotte minute,
sauf qu'on a oublié de baisser le gaz dessous,
alors que ça chauffait déjà bien assez

Le développement durable,
ça n'veut rien dire.

Le développement
s'il n'est pas durable,
il ne peut pas
se développer.

Six milliards d'êtres humains.
Six milliards de machine à laver.
On est tous morts !

Quand on organise
un spectacle,
c'est le coup de poker.
On se dit, peut-être
que personne ne va venir
parce qu'il ne veut pas
être vu,
ou alors tout le monde
va venir
pour voir
qui y'était.

Le théâtre s'est ouvert à guichet fermé

Avec ce qui se passe dans le monde,
on est obligé de payer pour rigoler
aujourd'hui

Avec tous ces comiques qui nous font pas rire.

Y'a des vieux,

y'a des jeunes,

elle attire les foules !

Encore deux,

trois coups

comme ça,

pi elle va s'faire

une saprée

bonne retraite.

Au foot, c'est pas l'équipe de France, c'est la légion étrangère

Ils étaient pauvres comme Crésus

Ça coûte les yeux de la tête

Il vaut mieux pleurer
dans une rolls
que sur un char à bœuf

J'ai acheté des courgettes en solde

C'est pas bon de tourner à l'envers.
C'est pas bon pour ton système GPS.

T'as l'horloge biologique détraquée, toi.

Elle est en bonne santé,
mais elle ne fait pas d'étincelles

Si on ne cherche pas
à changer nos habitudes
on ne s'oxyde pas les neurones
et on va droit vers les zheimers.

La Jessica
je ne la vois
qu'à la webcane,
elle vit au Brésil.

Le Robert, il dit :
– Moi, quand je conduis,
j'aime mieux le GPS que ma femme,
parce que la GPS
elle te répète 2 fois la même chose,
mais elle t'engueule jamais.

Dans le TGV

je demande l'heure

à un monsieur,

un genre de 78 tours

comme moi.

Il me fait :

— Je n'ai plus de montre

madame,

je suis à la retraite.

Vous avez vraiment c't'accent ici ?

Même quand vous parlez normalement ?

Tu viendras
faire les 4 heures
à 5 heures?

J'ai cru aller te voir, t'étais pas là.

Ça fait une semaine
qu'elle manœuvre
par là au-travers.

Elle a des tableaux après les murs.

On a bien meilleur temps d'y aller à pied.

Il fait bon chaud chez vous.

Il vient contre ici ou bien ?

Il est tout démischloké c'machin

On a bien meilleur temps avec une serpillère

Oh

ces mouches !

Ça bzille

de tous

les côtés

On n'est plus au temps des diligences.
Faut évoluer !

En l'an 3000
On dira
Voila les Gaulois
De l'an 2000

Les années perdues, ça ne compte pas.
On n'va pas pleurer sur c'qui est passé,
faut aller de l'avant.

Ceux-là, ils s'y croient
Mais on les vaut bien
On vaut c'qu'on est

Moi j'regarde la radio
Pi j'écoute la télé

Là-bas
Je n'y vivrais pas
Même morte

Nous, on n'beurre pas du millefeuille

Voila les milans qui s'apprêtent
à partir en migration.
Sans passeport, sans visa,
sans carte de séjour.
Sans test ADN.

Moi je veux bien manger bio
Mais le pain noir
Et le dentifrice au rutabaga
Ben merci
On en a assez bouffé pendant la guerre

C'est bidon ces histoires
qu'il faut manger de la viande.
Les gorilles, ils n'en mangent pas,
ils te mettent une pichenette,
ils te décollent la tête.

Elle cuisine à la suisse.
Régime cholestérol !

Les magasins bio,
t'as vu les prix ?
C'est bien
quand t'es au régime.

Elle a raté son gâteau.
Son mari, il m'fait :
« C'est encore le vent
qui a tourné la page ».

Ils bossent
comme des Turcs…

Et ils sont payés
en monnaie de singe

Il est mal emmanché lui
il a deux bras gauches

Elle a l'ennui des sapins

Il dit,
à 80 ans,
je ne suis pas vieux
je suis en parfaite maturité

Faut voir ce gosse comme il aide à la ferme
c'est un sapré outil cui-là !

Elle est belle de loin
mais elle est loin d'être belle

Lui c'est un travailleur du genre
qui s'use le coude sur le bureau

On tournait en rond
les deux la Simone
comme 2 vieilles cloches

Le commerce équitable!
équitable, oui mais pas
pour tout le monde

Y'a tellement de sortes
de yaourts
qu'on ne trouve pas
c'qu'on veut
et qu'on n'sait plus
c'qu'on cherche

Les œufs de poules
qui courent,
il croyait
que c'était une marque!

Que des promesses !
C'est de la poudre
de perlin-pinpin
pi c'est tout

On n'sait pas
à quelle sauce
on va être mangé !

Comme réforme,
ils devraient supprimer
le mois de novembre
parce qu'y'en a marre de c'temps

Le pull
C'est sa moman
qui lui a tricoté
pour quand on s'est marié

Ma moman
elle disait toujours:
— Si il fallait
que j'aille habiter ailleurs
loin de mes sapins
je tomberais morte

L'autre jour je croyais
qu'il était une heure,
j'avais pas mangé.
C'est pas vrai il est une heure.
Mais je suis folle d'avoir traîné comme ça.
J'aime encore bien dîner à midi,
pi je regarde l'heure à la pendule.
Il était midi, ben ça va.
J'étais contente, comme ça,
ça m'a fait de l'avance
pour ma journée.

Au Congo,
un embouteillage
ça s'appelle
un rendez-vous.
Tout l'monde
en profite
pour faire
connaissance.
Ils sont moins bêtes
que nous.

Si on ne sait pas d'où on vient, on ne peut pas savoir où on va.

**Ce mec là, cet abruti, ce. . . ça n'a pas de nom.
Un abruti pareil, ça s'appelle un abruti.**

**Elle fait 95 de tour de poitrine
et 28 cm de tour de tête.
Ça c'est la mode de demain.**

**Elle sait
bien
voir
c'qu'elle
entend,
elle !**

Si elle est forte cette gamine !
Mais ça m'étonne pas
quand on voit
la caricature de sa mère !

Oh, comme il est mort çui-là,
on lui aurait racheté sa santé.
On n'aurait pas fait
une belle affaire.

Ils ont une banquette convertible,
en skaï noir, peau d'éléphant.

Elle dit
qu'elle est
s a i n t e ,
que son sang est celui du Christ.
Au Vatican, ils disent qu'on n'peut
pas être
s a i n t
tant qu'on
n'est pas
m o r t .
Eh ben,
q u ' e l l e
commence
par mourir !

Avec le chômage, ils deviennent paramoniaques...

Ricet il dit
qu'avec les Américains,
on a 10 ans de retard
sur leur connerie,
mais qu'on la prend
quand même.

Nous on aimait bien les soldats,
on était gentil avec eux,
parce qu'on avait pitié des gens...
On a toujours été comme ça chez nous,
on ramassait beaucoup l'monde.

Quand on a évacué
en Suisse, là, en 40,
tout l'monde disait
comme il était gentil
mon pauv' André.
Même ceux qui
le connaissaient pas.

Les pauv' gens
quand ils étaient obligés
d'faire la queue
devant les magasins
pour s'apprivoiser...

Elle avait un bonami...
un soldat qu'était cantonné...
Voilà qu'elle avait tombé en espérance,
la pauvr', pi lui, il est r'parti,
pi il est jamais revenu...

Elle fait un livre
qui s’ouvre
des 2 côtés.
Elle ne peut
rien faire
comme les autres,
celle-là !